Thiago Alves Lima

Krankenhauskosten

Ein theoretischer und praktischer Ansatz

ScienciaScripts

Cover image: www.ingimage.com

This book is a translation from the original published under ISBN 978-620-2-17438-1.

Publisher:
Sciencia Scripts
is a trademark of
Dodo Books Indian Ocean Ltd. and OmniScriptum S.R.L publishing group

120 High Road, East Finchley, London, N2 9ED, United Kingdom
Str. Armeneasca 28/1, office 1, Chisinau MD-2012, Republic of Moldova, Europe

ISBN: 978-620-7-30838-5

Index:

UNIVERSIDADE DO EXTREMO SUL CATARINENSE - UNESC

STUDIENGANG IN RECHNUNGSWESENWISSENSCHAFTEN

THIAGO ALVES LIMA

VORSCHLAG FÜR DIE ANWENDUNG DER ABSORPTION-COSTING-METHODE IN EINEM WOHLTÄTIGEN KRANKENHAUS IN DER GEMEINDE URUSSANGA/SC

CRICIÚMA

2015

THIAGO ALVES LIMA

VORSCHLAG FÜR DIE ANWENDUNG DER ABSORPTION-COSTING-METHODE IN EINEM WOHLTÄTIGEN KRANKENHAUS IN DER GEMEINDE URUSSANGA/SC

Kursabschlussarbeit, vorgelegt zur Erlangung eines Bachelor-Abschlusses in Rechnungswesen an der Universität des äußersten Südens von Santa Catarina, UNESC.

Betreuer: Prof. Manoel Vilsonei Menegali

THIAGO ALVES LIMA

VORSCHLAG FÜR DIE ANWENDUNG DER METHODE DER
VOLLKOSTENRECHNUNG IN
EINER GEMEINNÜTZIGEN KRANKENHAUSEINRICHTUNG IN DER STADT
URUSSANGA/SC

Von der Prüfungskommission genehmigte Abschlussarbeit
zur Erlangung des Bachelor-Grades in Rechnungswesen der
Universidade do Extremo Sul Catarinense, UNESC, mit
einer Forschungslinie in Kostenrechnung.

Criciúma, 30. Juni 2015

Ich widme diese Arbeit Gott und meiner Familie, die immer die Grundlage für meine Leistungen war.

DANKSAGUNGEN

In erster Linie an Gott, der es mir ermöglicht hat, meine Träume zu verwirklichen, der in jeder Situation an meiner Seite war. Dass er mir die Kraft und die Weisheit gegeben hat, mich durch diese Reise zu führen.

Meiner Familie, die mich unterstützt und ermutigt hat. Ich weiß, dass ich die Freude mit meinen Verwandten teile, die diese Leistung ebenfalls verdient haben.

Meinen Arbeitskollegen, die mich während meiner gesamten akademischen Laufbahn sehr motiviert und mir geholfen haben, beruflich zu wachsen. Ich hoffe, dass ich sie weiterhin mit dem Beruf ehren kann, den ich gewählt habe und von dem ich glaube, dass ich bereits ein Teil davon bin, indem ich ihn verteidige und zu seiner Entwicklung beitrage.

An die UNESC, an den Studiengang Rechnungswesen und an die lieben Professoren, die uns mit großer Geduld und Weisheit viel mehr beigebracht haben als die Aufzeichnung von buchhalterischen Handlungen und Fakten, sie haben uns gelehrt, wie man Teil der wahren Familie des Rechnungswesens ist. Bei ihnen habe ich Werte und Lektionen gelernt, die ich immer bei mir tragen werde.

Mein besonderer Dank gilt meinem Doktorvater, Professor Manoel Vilsonei Menegali, der ein großer Freund war, der an diese Arbeit glaubte und sie unterstützte. Sie wird sicherlich von enormem Wert für meine Karriere sein.

An die Freunde, die ich während des Kurses gefunden habe, von denen viele vom ersten Tag an dabei waren und sind und dank denen ich meine Ziele erreichen konnte. Ich werde die Erinnerungen an die unglaublichen Momente, die ich mit ihnen verbracht habe, mitnehmen, und ich habe keine Angst zu sagen, dass sie viel mehr als Freunde sind, sie sind Brüder.

"Erfolg entsteht durch den Wunsch, die Entschlossenheit und die Beharrlichkeit, ein Ziel zu erreichen. Selbst wenn man das Ziel nicht erreicht, werden diejenigen, die es anstreben und Hindernisse überwinden, zumindest Bewundernswertes leisten."

José de Alencar

ZUSAMMENFASSUNG

LIMA, Thiago Alves. **VORSCHLAG ZUR ANWENDUNG DER ABSORPTION COSTING METHODE AUF EINE WOHLTÄTIGE ORGANISATION IN DER GEMEINDE URUSSANGA/SC.** 2015, 54 p. Betreuer: Manoel Vilsonei Menegali. Abschlussarbeit im Studiengang Rechnungswesen. Universität des äußersten Südens von Santa Catarina - UNESC. Criciúma-SC

Die Buchführung zur Messung des Wertes von Vorräten und Produkten geht auf die industrielle Revolution des 18. Jahrhunderts zurück. Jahrhundert zurück. Im Vergleich zu heute hat sich die Art und Weise, wie die Kosten berechnet werden, nicht wesentlich verändert. Diese konzeptionelle Leichtigkeit ist jedoch nicht gleichbedeutend mit der Einfachheit des Ansatzes und der Anwendung des Themas. Neue Organisationsformen haben eine Reihe von Fragen über die Behandlung und Messung von Kosten aufgeworfen. Unternehmen mit Erwerbszweck sind stark damit beschäftigt, den Kostenwert ihrer Aktivitäten und Produkte zu ermitteln. Wohltätigkeitsorganisationen hingegen, die als gemeinnützig gelten, sind sich aufgrund finanzieller und verwaltungstechnischer Schwierigkeiten des Themas nicht bewusst oder behandeln es in einer Weise, die für die Verwaltung der Organisation irrelevant ist. Ziel dieser Studie ist es daher, eine Kostenmethodik für eine gemeinnützige Organisation, die im Krankenhaussektor tätig ist, zu ermitteln und vorzuschlagen. Dazu war es notwendig, Theorie und Praxis zu vergleichen, um zu verstehen, wie die Ressourcen in den Prozessen der Organisation verbraucht werden und wie sie klassifiziert und katalogisiert werden sollten, um die Kosten der erbrachten Dienstleistung zu ermitteln. Zur Durchführung der Studie wurde eine bibliographische Untersuchung durchgeführt, gefolgt von einer Fallstudie. Die Studie ermöglichte es, die Bedeutung der Kosten als Unterstützung für die Entscheidungsfindung und als Instrument zur Kontrolle und Organisation der Kosten für jede Art von Organisation zu verstehen. Schließlich wird angenommen, dass diese Studie ein Vorläufer für weitere Diskussionen über die Anwendbarkeit der Kostenrechnung bei der Erbringung von Gesundheitsdienstleistungen sein könnte. Sie ermöglicht es, die Qualität der brasilianischen Krankenhäuser zu bewerten und zu verbessern.

Stichworte: Kostenmanagement. Krankenhausorganisation. Absorptionskostenrechnung.

Kapitel 1

1 EINFÜHRUNG

Das Rechnungswesen ist der Spiegel einer Organisation. Durch sie ist es möglich, die wirtschaftliche und finanzielle Situation eines Unternehmens, einer Einheit, einer Organisation oder sogar einer Nation zu sehen. Im Allgemeinen erhält der interne oder externe Nutzer durch die Rechnungslegung eine Reihe von Informationen, die es ihm ermöglichen, den Zustand der Gesellschaft zu verstehen, und die ihm als wichtiges Instrument bei der Festlegung der Ausrichtung des Unternehmens dienen.

In Anbetracht der zunehmenden Bedeutung der Rechnungslegung in den letzten Jahren müssen die Fachleute von heute darauf vorbereitet sein, als Manager und nicht nur als Herausgeber von Berichten und Dokumenten zu handeln.

Wir glauben daher, dass die folgende Studie versucht, Lösungen vorzuschlagen, die auf der Entwicklung des Rechnungswesens und der Verstärkung und Konsolidierung der Kostenkontrolle in Gesundheitsorganisationen basieren.

1.1 THEMA UND PROBLEM

Das Rechnungswesen als Wissenschaft der Vermögenskontrolle zielt darauf ab, relevante, zuverlässige und zeitnahe Informationen zu liefern. Sie ist eine Grundlage für die Entscheidungsfindung, da sie ein Instrument ist, das die Planung und Kontrolle von Operationen unterstützt, zur strategischen Planung beiträgt und Kosten-Nutzen-Bewertungen fördert.

In der heutigen Zeit stellt die Kostenrechnung eine breite Informationsquelle für die Unternehmensführung dar.

Der enorme Informationsfluss, der durch die verschiedenen Geschäftstätigkeiten erzeugt wird, hat dazu geführt, dass sich die Unternehmen Gedanken über ein Thema machen, das früher als einfach galt: die Kosten der Produkte. Dies hat dazu geführt, dass ein Prozess in Gang gesetzt wurde, der darauf abzielt, den neuen Umfang des Themas Kosten im Unternehmensumfeld zu klassifizieren, zu verstehen und anzuwenden.

Die ständige Weiterentwicklung des Produktionsprozesses hat die Notwendigkeit einer genaueren Kostenkontrolle mit sich gebracht. Aus diesem Grund sind Kostenstudien immer beliebter geworden. Es liegt auf der Hand, dass alle Organisationen, auch Organisationen ohne Erwerbszweck, ihre Kosten kennen müssen. Sie alle verbrauchen Ressourcen, sei es für die Produktion oder die

Erbringung von Dienstleistungen.

Das Studium der Rechnungslegungswissenschaft zum Thema Kosten war immer sehr stark auf den Produktionsbereich und auf gewinnorientierte Unternehmen ausgerichtet, aber wie wir gesehen haben, benötigen alle Unternehmen Rechnungslegungsinformationen. Dies wirft die Frage auf, wie es Organisationen ergeht, deren Hauptfunktion nicht in der Entlohnung von Kapital besteht.

Im Lichte dieser Erkenntnisse besteht das zentrale Ziel dieser Studie darin, die in den vorangegangenen Abschnitten gestellten Fragen in Bezug auf das folgende Problem zu beantworten: Welche Ergebnisse werden durch die Anwendung einer Kostenrechnungsmethode auf eine Wohltätigkeitsorganisation in der Gemeinde Urussanga/SC erzielt?

1.2 FORSCHUNGSZIELE

Das allgemeine Ziel dieser Untersuchung ist es, die Folgen der Anwendung eines Kostenrechnungssystems in einem mittelgroßen Krankenhaus, einer gemeinnützigen Organisation in der Gemeinde Urussanga/SC, aufzuzeigen.

In Anbetracht des Themas werden die spezifischen Ziele vorgestellt:

a) Machen Sie sich mit der Einrichtung vertraut und lernen Sie die von ihr angebotenen Dienstleistungen kennen;

b) Erfassen Sie die verbrauchten Ressourcen und ordnen Sie sie nach der behandelten Theorie ein;

c) Legen Sie fest, welche Kostenrechnungsmethode für Ihr Unternehmen am besten geeignet ist;

d) Vorlage eines Vorschlags für die Anwendung der Vollkostenrechnung in dieser Einrichtung.

1.3 HINTERGRUND

Die Anwendung der Kostenrechnung ist der erste Schritt zur Einführung eines Managementansatzes in jedem Unternehmen. Ohne die Kosten zu kennen, ist es nicht möglich, die Qualität der Prozesse zu bewerten, die monetäre Repräsentativität der Produkte und/oder Dienstleistungen im Verhältnis zu den Einnahmen (Margen) zu kennen und die Ausrichtung der

Organisation zu planen.

Das Verhalten der Unternehmensleiter hat sich deutlich verändert. Heute bündeln sie ihre Anstrengungen, um die Kosten zu minimieren. Anders als in der Vergangenheit, als es nur um die Maximierung der Gewinne ging. Diese Entwicklung hängt mit dem scharfen Wettbewerb um den Verbrauchermarkt zusammen, der die Unternehmen dazu zwang und zwingt, in immer kürzerer Zeit ständig Innovationen vorzunehmen und ihre Preise konstant zu halten oder sogar zu senken.

Genauso wichtig wie die Auflistung und Klassifizierung der Kosten in einer Organisation ist es jedoch, sie in ein Informationsinstrument umzuwandeln, das den Nutzern der Buchhaltung ein klares und objektives Bild des Weges, den die Organisation geht, vermitteln kann. Auf diese Weise wird es möglich, einen Betriebsplan zu erstellen, um die Kosten zu kontrollieren und zu überwachen und Entscheidungen zu treffen.

In Anbetracht der verschiedenen Anwendungen der Kostenrechnung in der Geschäftswelt zielt diese Arbeit darauf ab, die Ergebnisse der Entwicklung und Anwendung eines Kostenrechnungssystems in einem Krankenhaus aufzuzeigen, das dem so genannten dritten Sektor der Wirtschaft angehört. Diese Organisationen werden als solche eingestuft, weil sie eine äußerst wichtige soziale Rolle spielen. Sie sind mit dem Gesundheitswesen, der Bildung und der Sozialhilfe verbunden.

Die Einführung eines Kostensystems in diesem Segment wird wesentlich zum Aufbau einer Kultur des Prozessmanagements und der Kontrolle innerhalb der Organisation beitragen. Es wird die Wahrnehmung der Auswirkungen der Ausgaben verbessern, wobei der Schwerpunkt auf der Optimierung der Ausgaben und der Vermeidung von Verschwendung liegt. Außerdem wird ein Modell für die Berechnung der Kosten nach Abteilungen und Dienstleistungen geschaffen, das eine Bewertung der Ergebnisse ermöglicht und als Parameter für die Angabe der Produktionskapazität dient.

Kapitel 2

2 THEORETISCHE GRUNDLAGE

Ziel dieses Kapitels ist es, die theoretischen Grundlagen der Kostenrechnung darzustellen. Es vermittelt ein allgemeines Verständnis des Themas, indem es die Konzepte, die Terminologie, die Klassifizierungen und die Methoden im Zusammenhang mit den Kosten behandelt. Darauf folgt eine kurze Erörterung wissenschaftlicher Beobachtungen über Non-Profit-Organisationen, die Gegenstand dieser Untersuchung sind.

2.1 KOSTENRECHNUNG

Die Kostenrechnung ist eines der ältesten Fächer der Rechnungslegungswissenschaft. Martins (2010) sagt, dass sie während der industriellen Revolution aus der Finanzbuchhaltung hervorgegangen ist. Dieser Zeitpunkt in der Geschichte war durch die Zunahme der Produktionsvorgänge gekennzeichnet, was die Notwendigkeit mit sich brachte, industrielle Bestände zu bewerten.

Heutzutage ist die konnotative Verwendung des Begriffs "Kosten" in der Alltagsgesellschaft weit verbreitet. Er wird ständig verwendet, ohne dass man seine wahre Bedeutung erkennt und versteht.

2.1.1 Konzept

Der Begriff der Kosten wird im Folgenden erläutert, um die Theorie zum zentralen Thema dieser Studie einzuleiten

Nascimento (2001, S. 25) stellt fest, dass die Kosten "die in Geldeinheiten umgerechnete Summe der verbrauchten oder bei der Produktion neuer Waren und Dienstleistungen verwendeten Waren und Dienstleistungen" darstellen.

Aus der Unternehmensperspektive skizzieren Bruni und Famá (2003, S. 22) die Ziele der Kostenrechnung, indem sie sagen, dass sie "darauf abzielt, die Kosten zu analysieren, die dem Unternehmen im Laufe seiner Tätigkeit entstehen".

Die Kostenrechnung ist, wie von den oben genannten Autoren erwähnt, in erster Linie mit dem Waren- und Dienstleistungsverkehr verknüpft, der auch die Grundlage des buchhalterischen

Denkens bildet.

Nach Santos (2011, S. 1) ist "die Buchhaltung ein Wissenszweig, der als effizientes Instrument zur Kontrolle, Planung und Verwaltung eines Unternehmens benötigt wird, unabhängig davon, ob es auf Gewinn ausgerichtet ist oder nicht".

Die Buchhaltungswissenschaft hat die Aufgabe, Vermögenswerte zu erfassen und zu kontrollieren. Dies ist auch das Ziel der Kostenforschung. Letztere konzentriert sich auch auf das Verständnis der Auswirkungen ihrer Entstehung auf die Entwicklung des Vermögens (NASCIMENTO, 2001).

Leone (2000, S. 19-20) beschreibt klar die Aufgaben der Kostenrechnung, indem er sagt, dass sie "dazu bestimmt ist, Informationen für die verschiedenen Managementebenen einer Organisation als Hilfsmittel für die Funktionen der Leistungsermittlung, der Planung und Kontrolle der Abläufe und der Entscheidungsfindung zu liefern".

Die Kostenrechnung spielt eine bedeutende und äußerst wichtige Rolle in der Unternehmensführung. Sie nicht zu kennen oder zu ignorieren, schließt derzeit jede Organisation, unabhängig von ihrer Größe, rücksichtslos vom hart umkämpften Markt aus (MARTINS, 2010).

2.1.2 Terminologie

Das vorangegangene Thema befasste sich mit den Aspekten, die mit dem Konzept der Kostenrechnung verbunden sind, aber das Thema hat eine spezifische Terminologie, die für jede Art von Operation eine andere Definition beinhaltet.

Wie Dutra (1995, S. 27) feststellt, ist die Kenntnis und das Verständnis der einzelnen Klassifikationen von größter Bedeutung: "Die empirische Interaktion der Menschen mit Kosten führt zu begrifflichen Konflikten über Preis, Kosten, Einnahmen, Ausgaben, Auszahlungen und Aufwand".

Die gängige Terminologie unterteilt sich in Ausgaben, Aufwand, Investition, Kosten, Aufwand und Verlust (MARTINS, 2010). Jeder dieser Begriffe wird im Folgenden ausführlich erörtert.

Nach Bruni und Famá (2004, S. 25) bestehen die Ausgaben "aus den finanziellen Opfern, die die Organisation erbringt, um ein Produkt oder eine Dienstleistung zu erhalten".

Oliveira und Perez Jr. (2005) weisen darauf hin, dass trotz der Ähnlichkeit die Auszahlung nicht dieselbe Bedeutung hat wie die Ausgabe. Die Auszahlung stellt den Abfluss von Geld aus dem Unternehmen dar, während die Ausgaben im wörtlichen Sinne des Wortes den Verbrauch darstellen, der in diesem Fall die gekaufte Ware oder Dienstleistung ist. Die Definitionen von Kosten, Aufwand, Verlust oder Verschwendung beziehen sich auf die Verwendung dieser

Ausgaben.

Investitionen sind Ausgaben zur Erzielung künftiger Einnahmen (BRUNI; FAMÁ, 2004). In der Terminologie des Rechnungswesens werden die Kosten als Ausgaben behandelt, die in den produktiven Bereichen eines Unternehmens anfallen. Aufwendungen hingegen sind Kosten, die außerhalb der produktiven Bereiche entstehen, im Allgemeinen in den Verwaltungs-, Finanz- und Handelsabteilungen (OLIVEIRA; PEREZ JR. 2005).

Beispiele für Kosten sind die verbrauchten Ressourcen für Rohstoffe, Arbeit, Versicherungen und Fabrikmieten. Zu den Ausgaben gehören die Ausgaben für den Verkauf und die Gehälter des Verwaltungspersonals (BRUNI; FAMÁ, 2004).

Schließlich können Verluste als "unangemessen und unfreiwillig konsumierte Waren oder Dienstleistungen" (MARTINS, 2010) konzeptualisiert werden.

Dutra (1995, S. 29) rät: "In der Praxis kommt es darauf an, jede Kostenart innerhalb ihrer Klassifizierungsgruppe perfekt zu verstehen und dabei das Ziel zu berücksichtigen, das mit jeder spezifischen Arbeit oder Studie erreicht werden soll".

2.1.3 Klassifizierung der Kosten

Gemäß der im vorangegangenen Thema behandelten Terminologie des Rechnungswesens sind die Kosten, kurz gesagt, die in den produktiven Sektoren anfallenden Ausgaben. Diese Unterteilung der Ausgaben hat weitere Klassifizierungen. Diese werden unter anderem nach ihrer Art, Funktion, Berechnung und Verbuchung definiert.

Es ist von größter Bedeutung, dass diese Klassifizierungen sorgfältig analysiert werden, um den Zweck der Kostenberechnung korrekt zu erfüllen. Am Ende des Prozesses wird es möglich sein, die Stückkosten des Produkts oder der Dienstleistung oder die Gesamtkosten der Produktionseinheit zu bestimmen (DUTRA, 2003).

Im Folgenden werden die gängigsten Klassifizierungen von Kostenarten nach Nascimento (2001, S. 26-27) aufgeführt:

Tabelle 1 - Kostenklassifizierung

FACTOR	KLASSIFIZIERUNG	
INZIDENZ (IDENTIFIZIERUNG)	DIRECT	INDIRECT

VOLUME	VARIABLE	FIXED

Quelle: Angepasst von Nascimento (2001, S. 26-27)

In den folgenden Abschnitten werden diese Klassifizierungen unter Berücksichtigung der in der Rechnungslegungsliteratur zum Thema Kosten am häufigsten diskutierten erläutert.

2.1.3.1 Fixe und variable Kosten

Dies sind die Kosten, die sich direkt auf den Umfang der Tätigkeiten in den Organisationen beziehen.

Nach Bruni und Fama (2004, S.32) sind Fixkosten "Kosten, die sich über einen bestimmten Zeitraum und bei einer bestimmten installierten Kapazität nicht verändern, unabhängig vom Umfang der Unternehmenstätigkeit".

Megliorini (2007, S. 10) fügt hinzu, dass Fixkosten diejenigen sind, "die ohnehin anfallen, weil sie die Betriebsstruktur des Unternehmens aufrechterhalten".

Andererseits sind variable Kosten solche, "deren Wert sich direkt in Abhängigkeit von den Aktivitäten des Unternehmens ändert". (BRUNI E FAMA 2003, S.32). In diesem Fall gilt: Je höher das Produktionsvolumen, desto höher die variablen Kosten (MARTINS, 2010).

Das Hauptmerkmal für die Entstehung variabler Kosten ist, dass diese Kostenart nur bei der Produktion von Waren oder Dienstleistungen anfällt (MEGLIORINI, 2007).

2.1.3.2 Direkte und indirekte Kosten

Diese Art von Kosten wird nach der Verwendung der Ressourcen für das Produkt oder die Dienstleistung klassifiziert (MARTINS, 2010), mit anderen Worten, sie bezieht sich auf "die Art und Weise, in der die Kosten mit den hergestellten Produkten verbunden sind" (BRUNI; FAMÁ, 2004, S. 31).

Nach Nascimento (2001, S. 28) sind "direkte Kosten diejenigen, die sich direkt auf die Produktion oder den Verkauf einer Ware oder Dienstleistung auswirken". Nach Martins (2010) werden diese Kosten direkt den produzierten Produkten oder erbrachten Dienstleistungen zugerechnet, z. B. Rohstoffe und Arbeitskräfte.

Rohstoffe sind die Materialien, die in der Produktion verwendet werden, um ein Endprodukt zu erhalten. Die direkte Arbeit ist die Arbeit, die die Rohstoffe im Produktionsprozess

14

verwendet. In diesem Fall können ihre Kosten effektiv gemessen werden (SANTOS, 2011).

Nascimento (2001, S. 28) stellt fest, dass:

> Indirekte Kosten sind Kosten, die sich zwar nicht direkt auf die Produktion oder den Absatz auswirken, aber aufgrund der Beteiligung von Hilfs- und Nebentätigkeiten am Prozess der Umwandlung, Produktion und Vermarktung einer Ware oder Dienstleistung ein wesentlicher Bestandteil sind.

Santos (2011, S. 25) erklärt, dass indirekte Produktionskosten "[...] eine Aktivität ergänzen und indirekt oder allgemein anfallen, so dass sie allen produzierten Waren oder erbrachten Dienstleistungen zugutekommen".

Nach Megliorini (2007, S. 9) ist "die Grundregel für diese Klassifizierung: Wenn es möglich ist, die Menge der auf das Produkt angewendeten Kostenart zu identifizieren, sind die Kosten direkt. Ist es nicht möglich, diese Menge zu bestimmen, handelt es sich um indirekte Kosten".

2.1.4 Methoden der Kostenrechnung

Wenn man das Konzept der Kosten, ihre Terminologie und Klassifizierung verstanden hat, kann man sich mit den Kostenrechnungsmethoden befassen, die die Grundlage für die Bildung eines Kostensystems in einer Organisation darstellen.

Nach Megliorini (2007, S.2) "bestimmen die Kalkulationsmethoden die Art und Weise, in der die Kalkulationsobjekte bewertet werden". Unter den bestehenden Methoden gibt es solche, die als traditionell gelten, wie die Absorptions- und die variable Kostenrechnung, sowie die Methode, die sich als die aktuelle Methode herausstellt, die so genannte Prozesskostenrechnung oder einfach ABC (BERTO; BEULKE, 2006).

"Die Produktionskosten können unter zwei Gesichtspunkten untersucht werden: dem wirtschaftlichen und dem buchhalterischen. Der erste betrifft die Kosten für die Entscheidungsfindung, der zweite die Kosten für die Berechnung des Ergebnisses" (DUTRA, 2003, S. 226).

Die folgenden Themen behandeln die Konzepte und Aspekte im Zusammenhang mit den wichtigsten Kostenrechnungsmethoden.

2.1.4.1 Absorptionskostenrechnung

Sie ist eine der wichtigsten und bekanntesten Kostenrechnungsmethoden, auch

Vollkostenrechnung oder integrale Kostenrechnung genannt, und ihr Grundprinzip ist die Ergebnisrechnung. Sie zeichnet sich dadurch aus, dass sie die Höhe der entstandenen Produktionskosten auf die produzierten oder erbrachten Produkte und Dienstleistungen umlegt (DUTRA, 2003).

Bertó und Beulke (2006, S. 32) stellen fest, dass diese Kostenmethodik "durch die Zuordnung aller Kosten zu den Produkten (sowohl variable als auch fixe bzw. sowohl direkte als auch indirekte) gekennzeichnet ist".

Sie ist eine der am weitesten verbreiteten Methoden, da sie mit den allgemein anerkannten Rechnungslegungsgrundsätzen übereinstimmt und die Anforderungen der im Land geltenden Steuergesetzgebung erfüllt (MARTINS, 2010).

Diese Bedingung stellt jedoch keine großen Vorteile dar, denn laut Santos (2011, S.74):

> [...] das Absorptionssystem ist in vielen Fällen als Management-Entscheidungsinstrument mangelhaft, weil seine Grundvoraussetzung die "Umlage" so genannter Fixkosten ist, die, obwohl sie logisch erscheint, zu willkürlichen und sogar irreführenden Zuweisungen führen kann.

Durch diesen ersten Ansatz ist es möglich, die Bedeutung und Anwendbarkeit von Kostenrechnungsmethoden in der Tätigkeit eines Unternehmens zu erkennen. Es ist notwendig, dass der Forscher und/oder Kostenanalytiker ausführlich über das zu erreichende Kostenziel nachdenkt.

2.1.4.2 Variable Kostenrechnung

Die variable Kostenrechnung unterscheidet sich von der Absorptionskostenrechnung dadurch, dass der Kalkulationsprozess flexibel ist und die Zuordnung von Fixkosten zu Produkten nicht berücksichtigt wird (BERTO; BEULKE, 2006).

Nach Oliveira und Perez Jr. (2005, S. 125) "werden bei der variablen Kostenrechnung nur die variablen Produktionskosten den produzierten Gütern oder Dienstleistungen zugerechnet [...]".

In diesem Konzept setzen sich die Kosten der Produkte aus den Kosten zusammen, die sich in Abhängigkeit vom Produktionsvolumen ändern, d. h., wie oben erwähnt, nur aus den variablen Kosten. Die Fixkosten werden als Ausgaben für die Erhaltung der Produktionsfaktoren betrachtet und direkt auf das Ergebnis erhoben (MARTINS, 2010).

Nascimento (2001) erörtert die Vorteile, die die Anwendung der variablen Kostenrechnung bietet, indem er erklärt, dass durch ihre Anwendung die Kriterien für die Aufteilung der Fixkosten ausgeschlossen werden, was die Ermittlung von Produktdeckungsbeiträgen ermöglicht.

Sie kann als Differenz zwischen den Gesamteinnahmen und der Summe der variablen

Kosten und Ausgaben begriffen werden und hat die Fähigkeit, die Wahrnehmung des Potenzials eines jeden Produkts zu erleichtern (MARTINS, 2010).

Es ist wichtig zu betonen, dass die variable Kostenrechnung im Gegensatz zur Absorptionskostenrechnung nicht den Rechnungslegungsgrundsätzen und steuerlichen Vorschriften entspricht. In diesem Fall konzentriert sich ihr Nutzen auf Managementkriterien und das Management interner Unternehmensprozesse (OLIVEIRA; PEREZ JR., 2005).

2.1.4.3 ABC-Kalkulation

Die ABC-Kostenrechnung ist die Weiterentwicklung der bisherigen Kalkulationssysteme. "Die ABC-Kostenrechnung wurde als Instrument zur Unterstützung der Entscheidungsfindung geschaffen, da nach Ansicht ihrer Erfinder die Kosten der Aktivitäten besser sichtbar und leichter zu erkennen sind [...]" (SANTOS, 2011, S. 217).

Nach Megliorini (2007) war das Aufkommen neuer Kostenrechnungsmethoden vor allem auf die weit verbreitete Zunahme der indirekten Kosten zurückzuführen, die dem Grad der Relevanz der direkten Kosten für die Produktionsfaktoren gleichkam. Infolgedessen entsprachen die von den früheren Methoden gelieferten Informationen nicht mehr den Bedürfnissen der Manager aufgrund der technologischen Entwicklungen und der zunehmenden Wettbewerbsfähigkeit im heutigen Unternehmensumfeld.

> Die Prozesskostenrechnung (ABC) ist eine Methode, die als Instrument für die strategische Analyse der Kosten im Zusammenhang mit den Aktivitäten, die den größten Einfluss auf den Ressourcenverbrauch eines Unternehmens haben, entstanden ist (OLIVEIRA; PEREZ JR., 2005, S. 182).

Nach Bertó und Beulke (2006, S.36) "[...] ist das Grundkonzept des ABC-Systems, dass Aktivitäten Ressourcen verbrauchen und Produkte Aktivitäten verbrauchen, die anfängliche Klassifizierung der Kosten und Ausgaben erfolgt nach Aktivität".

Oliveira und Perez Jr. (2005, S. 186) stellen fest, dass "eine Tätigkeit eine Kombination aus menschlichen, materiellen, technologischen und finanziellen Ressourcen zur Herstellung von Waren und Dienstleistungen ist".

Die Anwendung der ABC-Kostenrechnung erfolgt in mehreren Schritten, die dazu beitragen, die Kosten entsprechend den erfassten Kostenträgern zu ermitteln. Martins (2010) umreißt diese Schritte und erklärt, dass der erste Schritt bei der Verwendung von ABC darin besteht, die relevanten Aktivitäten und Ressourcenkostentreiber zu definieren. Sobald die Aktivität kalkuliert ist, wird sie mit Hilfe der festgelegten Treiber auf jedes Produkt übertragen.

Die Prozesskostenrechnung (ABC) stellt eine wesentliche Verbesserung gegenüber den traditionellen Kostenrechnungsmethoden dar. Die Einführung dieser Methode bedeutet die Abschaffung willkürlicher Verteilungskriterien für indirekte Kosten, schließt aber die Fixkosten nicht vollständig aus der Berechnung der Produkt- oder Dienstleistungskosten aus.

2.1.5 Kostenstellen/Abteilungsgliederung

Die Vielfalt der Produkte und Beziehungen, die innerhalb von Organisationen bestehen, bedeutet, dass die Kosten nicht nur in den Betrieben, sondern auch an den Orten, an denen sie anfallen, berechnet werden müssen. Unter diesen Bedingungen ist es notwendig, die Funktionsweise des Unternehmens umfassend zu überdenken, damit die so genannten Kostenstellen festgelegt werden können.

Sie stellen eine "Mindesteinheit der Kostenakkumulation dar, auch wenn es sich nicht unbedingt um eine Verwaltungseinheit handelt, sondern nur, wenn sie mit der Abteilung selbst übereinstimmt" (RITTA; ALVES, 2013, S. 116).

Martins (2010, S. 44) erklärt, dass "man von einer minimalen Verwaltungseinheit spricht, weil es immer eine Person gibt, die für jede Abteilung verantwortlich ist, oder zumindest sein sollte".

Die Einführung des Kostenstellen- oder Abteilungskostensystems setzt die Existenz von zwei Arten von Abteilungen voraus. Die so genannten produktiven Abteilungen, die für den Produktionsprozess und die Lieferung von Materialien und/oder Dienstleistungen an den Kunden verantwortlich sind. Und die Abteilungen, die als Dienstleistungs-, Unterstützungs- oder Hilfsabteilungen bezeichnet werden und die Aufgabe haben, die produktiven Abteilungen zu versorgen (RIBEIRO, 2002).

Eine Abteilung stellt eine Kostenstelle dar, und die indirekten Kosten, die zwischen den Stellen übertragen werden müssen, sind dort konzentriert (MARTINS, 2010).

Bornia (2002, S. 101) weist darauf hin, dass "Kostenstellen durch einen Blick auf das Organigramm bestimmt werden (jeder Bereich des Unternehmens kann eine Kostenstelle sein) [...]".

Auf diese Weise ist es möglich, das von Martins (2010) vorgeschlagene und in der nachstehenden Tabelle 2 angepasste vollständige Kostenrechnungsschema zu erstellen.

Tabelle 2 - Vollständiges Grundkostenschema

Bühne	Beschreibung

1	Trennung von Kosten und Ausgaben.
2	Verrechnung der direkten Kosten direkt auf die Produkte.
3	Abrechnung der indirekten Kosten, die sichtbar zu den Abteilungen gehören, wobei die gemeinsamen Kosten getrennt zusammengefasst werden.
4	Aufteilung der indirekten Kosten auf die verschiedenen Abteilungen, sowohl für Produktion als auch für Dienstleistungen.
5	Wahl der Reihenfolge, in der die in den Dienstleistungsabteilungen angefallenen Kosten auf die anderen Abteilungen umgelegt werden.
6	Zuweisung der indirekten Kosten, die jetzt nur noch in der Produktionsabteilung anfallen, zu den Produkten nach festgelegten Kriterien.

Quelle: Angepasst von Martins (2010, S. 50-51)

2.2 DRITTER SEKTOR

Das Hauptziel dieser Arbeit ist die Kostenrechnung. Sie konzentriert sich jedoch nicht auf Organisationen, deren Hauptinteresse in der Erzielung von Gewinnen liegt, sondern auf solche, die sich auf soziale Interessen konzentrieren und aufgrund ihrer Merkmale und ihrer Arbeitsweise als Einrichtungen des dritten Sektors gelten. Die Gründe für diese Klassifizierung werden im Folgenden dargelegt.

Unternehmen des dritten Sektors sind für die Bereitstellung sozialer Dienstleistungen zuständig. Machado (2009, S. 30) stellt fest, dass der dritte Sektor "eine Dissidenz zwischen dem Staat (öffentlich) und dem Markt (privat) ist, d. h. er ist öffentlich, aber privat, weil er sich auf beide bezieht".

"Der dritte Sektor besteht aus privaten Organisationen, deren Ziel es ist, die Gesellschaft mit dem zu versorgen, was ihr gemäss Bundesverfassung zusteht" (MACHADO, 2009, S. 30).

Nach dem neuen Zivilgesetzbuch besteht der dritte Sektor aus privaten, nichtwirtschaftlichen Organisationen, deren Ziel es ist, die kollektiven Bedürfnisse der Gesellschaft zu erfüllen (Gesetz 10.406 vom 10. Januar 2002).

Es ist erwähnenswert, dass die Tatsache, dass diese Organisationen keinen Gewinn anstreben, nicht bedeutet, dass sie keinen Gewinn machen. Nicht-wirtschaftliche Organisationen müssen, da sie privat sind, einen Gewinn erwirtschaften, der vollständig in ihr Kerngeschäft investiert werden muss, also nicht als Gewinn, sondern als Überschuss behandelt wird. Geschieht dies nicht, werden ihre Wohlfahrtsaspekte nicht berücksichtigt (MACHADO, 2009).

2.3 KRANKENHAUSKOSTEN IN BRASILIEN

Nachdem wir die Konzepte der Kostenrechnung und die Perspektive, aus der sie durchgeführt wird, verstanden haben, müssen wir uns ansehen, wie sich Kostenstudien in Brasilien auf das Gesundheitswesen beziehen, insbesondere auf Krankenhäuser, die im Mittelpunkt dieser Studie stehen.

Krankenhäuser sind aufgrund des Umfangs der verbrauchten materiellen und technologischen Ressourcen sowie der Notwendigkeit eines multidisziplinären Teams, das sich um die Prävention, Heilung und/oder Rehabilitation der Patienten kümmert, als komplexe Einrichtungen anzusehen. Im Vergleich zu anderen Einrichtungen des Sektors sind sie diejenigen, die am meisten ausgeben (BRASIL.MINISTÉRIO DA SAÚDE, 2013).

In Anbetracht der obigen Ausführungen und gemäß La Forgia und Coutollenc (2009, S. 56) :

> Da der Löwenanteil der Gesundheitsausgaben in Brasilien auf die Krankenhäuser entfällt, könnten Effizienzsteigerungen und Kostenkontrolle dem gesamten Gesundheitssektor erhebliche Vorteile bringen, da dadurch Ressourcen für den Ausbau anderer Dienste oder die Verbesserung der Versorgungsqualität frei würden.

Der Grund für die Einführung von Kostenkontrolle und -management im Krankenhausumfeld ist die Kenntnis des Wertes der erbrachten Dienstleistung. Dies erfordert den Einsatz einer Kostenrechnungsmethode, die, wenn sie richtig angewandt wird, den Managern hilft, die strategische Planung der Organisation durchzuführen.

Es wird deutlich, dass Studien zu den Gesundheitskosten äußerst notwendig sind, da die meisten Probleme des Sektors auf den Mangel an Informationen über die Qualität, die Effizienz und die Kosten der Krankenhausversorgung zurückzuführen sind (LA FORGIA und COUTTOLENC, 2009).

Kapitel 3

3 FORSCHUNGSMETHODIK

In diesem Kapitel wird der methodologische Rahmen der Untersuchung erörtert. Anschließend werden die zur Datenerhebung verwendeten Verfahren erörtert.

3.1 METHODISCHER RAHMEN

In Bezug auf die Ziele wird diese Studie als deskriptiv eingestuft, da laut Cervo, Bervian und Silva (2007, S. 61) "deskriptive Forschung Fakten oder Phänomene (Variablen) erfasst, analysiert und korreliert, ohne sie zu manipulieren". Auf diese Weise beschreibt diese Studie die Merkmale der Kostenstruktur in einem Krankenhaus und versucht, die Auswirkungen dieser Studien für eine bessere Überwachung und Verwaltung des Unternehmens aufzuzeigen.

Für die Analyse der Daten wurde ein qualitativer Ansatz verwendet. Nach Appolinário (2006) basiert die Datenerhebung beim qualitativen Ansatz auf der Beziehung des Forschers zum Forschungsgegenstand. So wurden die von der Einrichtung, die Gegenstand der Studie war, erhaltenen Daten in Tabellen und andere Berichte eingeordnet, wobei der Schwerpunkt auf der qualitativen Analyse der Studie lag, die die Funktion hat, die Ergebnisse der Kostenkontrolle und -messung aufzuzeigen.

Das Forschungsverfahren für diese Studie basierte auf einer Literaturrecherche, gefolgt von einer Fallstudie. Zunächst wurden die Auffassungen zahlreicher Autoren zur Kostenrechnung verglichen und gegenübergestellt. Wie Marconi und Lakatos (2008, S. 57) betonen, "umfasst die bibliografische Recherche oder die Recherche von Sekundärquellen die gesamte Bibliografie, die im Zusammenhang mit dem untersuchten Thema bereits veröffentlicht wurde [...]".

Was die Fallstudie betrifft, so besteht sie darin, Informationen zu erhalten, um Antworten auf ein vorgeschlagenes Problem zu formulieren, und in bestimmten Fällen kann sie neue Lösungen oder Situationen aufzeigen, die zuvor nicht analysiert wurden (MARCONI; LAKATOS, 2008).

Auf diese Weise wurde die Art und Weise, wie die Ressourcen innerhalb der Organisation verarbeitet und verbraucht werden, ermittelt, um einen Kostenplan für die Einrichtung zu erstellen.

3.2 VERFAHREN ZUR SAMMLUNG UND ANALYSE VON DATEN

Um die vorgeschlagenen Ziele zu erreichen, wurde eine Fallstudie bei einer gemeinnützigen Organisation durchgeführt, die im Krankenhaussektor tätig ist. Für die Formulierung der Untersuchung war es notwendig, die Verwaltungssoftware der Organisation zu überprüfen, aus der Berichte mit Kostendaten in Übereinstimmung mit der durchgeführten bibliographischen Recherche extrahiert wurden. Diese Berichte wurden analysiert und anschließend in Tabellen eingeordnet, um die Daten zu interpretieren und Informationen zu erhalten, die es ermöglichen, die Relevanz und den Umfang der Kosten für die Einrichtung zu bewerten.

Gleichzeitig wurden Daten von Fachleuten aus den Abteilungen Einkauf, Lager, Finanzen und Patientenbetreuung gesammelt. Diese Suche ist wichtig, um Daten zu erhalten, die nicht über Computersysteme laufen, die aber für das Verständnis des Prozesses und zur Vermeidung von Abweichungen aufgrund der geringen Reichweite der Untersuchung äußerst wichtig sind.

Zusammenfassend lässt sich sagen, dass die Informationen für die Klassifizierung und Bewertung auf den historischen Kosten für 2014 basieren. Die Daten wurden im März und April 2015 erhoben. Sie basierten auf Einkaufsberichten, Ausgaben nach Kostenstellen, Verbrauchs- und Einkaufsberichten und anderen Dokumenten der Abteilung.

Kapitel 4

4 FALLSTUDIE

Dieses Kapitel befasst sich mit den Konzepten, die in den vorangegangenen Themen behandelt wurden, in einer angewandten Weise. Auf der Suche nach einer Wechselwirkung zwischen Theorie und Praxis war das Studienobjekt ein gemeinnütziges Krankenhaus in der Gemeinde Urussanga/SC. Zunächst wurden die internen Prozesse der Einrichtung zur Kontrolle, Erstellung und Verbreitung von Informationen überprüft, um das Verhalten des Ressourcenverbrauchs zu analysieren und seine Berechnung zu projizieren.

4.1 BESCHREIBUNG DES GESCHÄFTSFELDES

Zentrales Ziel dieser Arbeit ist es, einen Beitrag zur Erweiterung der Studien über Kosten bei der Erbringung von Gesundheitsdienstleistungen zu leisten. Der Schwerpunkt liegt dabei auf dem Krankenhausbereich. Um in dieses Universum einzusteigen, ist es notwendig, die Merkmale dieses Sektors zu kennen.

Allgemeine Daten zeigen, dass der Gesundheitssektor in Brasilien jährlich 438 Milliarden R$ erwirtschaftet, was 9,2 % des Bruttoinlandsprodukts (BIP) entspricht. Der Sektor ist für 1,6 Millionen direkte Arbeitsplätze in 256.688 Betrieben verantwortlich (MENDONQA, 2014).

Laut dem Nationalen Register der Gesundheitseinrichtungen - CNES (2015) sind in ganz Brasilien mehr als 6.000 Krankenhäuser in Betrieb, die nach ihren Versorgungsmerkmalen in allgemeine Krankenhäuser, zu denen auch das untersuchte Unternehmen gehört, und spezialisierte Krankenhäuser unterteilt sind.

Im ersten Fall konzentrieren sich die erbrachten Leistungen auf grundlegende Fachgebiete. Der zweite Fall hat, wie der Name schon sagt, die Funktion, die Gesundheitsversorgung in einem einzigen Fachgebiet/Bereich zu gewährleisten.

Die Verwaltung dieser Einheiten ist aufgeteilt zwischen der öffentlichen Initiative, die in diesem Fall in die Zuständigkeit der Regierung fällt, und dem privaten Sektor, der je nach seiner Verfassung gewinnorientiert oder nicht gewinnorientiert ist.

Das untersuchte Unternehmen ist im Krankenhaussektor tätig und gehört zum so genannten dritten Sektor der Wirtschaft. Diese Bezeichnung bezieht sich auf den rechtlichen Aspekt des Unternehmens, das laut seiner Satzung eine zivile, karitative und philanthropische Vereinigung ist.

Da es sich um eine private Einrichtung ohne Erwerbszweck handelt, ist sie weder direkt mit anderen Einrichtungen verbunden oder von ihnen abhängig, was Ressourcen und/oder Technologie betrifft, noch unterhält sie direkte Beziehungen zu staatlichen Stellen. In Tabelle drei (3) sind die wichtigsten erbrachten Dienstleistungen und die Anzahl der im Jahr 2014 unterstützten Personen aufgeführt.

Schaubild 3 - Krankenhausspezialitäten und Besucherzahlen 2014

	Dienstleistungen		
Spezialitäten	2014 (Anzahl)	Einheitliches Gesundheitssystem - SUS	Privat- und Krankenversicherungen
Dringlichkeit und Notfall			
Gynäkologisches Zentrum			
Chirurgisches Zentrum	46 Tausend Teilnahmen	38,7 Tausend Besuche 84% der Gesamtzahl	7,3 Tausend Besuche 16% der Gesamtzahl
Psychiatrische Klinik			
Krankenhaus Klinik			

Quelle: Angepasst an die Berichte der Institutionen

Finanziell erwirtschaftete die Einrichtung im Jahr 2014 rund 6,4 Millionen R$. Diese Beträge stammen aus der Summe der Überweisungen des Gesundheitsministeriums, der Krankenversicherungen und der privaten Abrechnungen für erbrachte Leistungen. Diese Summe umfasst auch Beträge, die in Form von Zuschüssen und Spenden von Privatpersonen und Unternehmen eingehen.

Die Organisation blickt auf eine lange, von Schwierigkeiten und Kämpfen geprägte Geschichte zurück. Ähnlich wie viele andere Organisationen des Sektors hat sie mit ernsten finanziellen Problemen zu kämpfen, die vor allem auf die Unterfinanzierung durch die SUS zurückzuführen sind, die zu einem Missverhältnis zwischen den Ausgaben und Einnahmen für die Erbringung von Dienstleistungen führt. Damit einher geht die Schwierigkeit, Investitionen zu tätigen, was sich unmittelbar auf die Qualität der Pflege auswirkt.

Ein weiterer wichtiger Faktor sind die Managementanforderungen dieser Einrichtungen. Mangelnde Kenntnisse der Managementtechniken und das Fehlen von Kriterien für die Bewertung der Ergebnisse führen dazu, dass viele Einrichtungen Maßnahmen anwenden, die auf Empirie beruhen. Dies hat zur Folge, dass diese Maßnahmen nicht die Probleme lösen, die sie eigentlich lösen sollten, oder eher neue schaffen.

4.2 BESCHREIBUNG DER ORGANISATION UND IHRER DIENSTLEISTUNGEN

Das Krankenhaus Nossa Senhora da Conceiçao ist seit über 87 Jahren in Betrieb und wurde am 8. Dezember 1927 gegründet. Es befindet sich in der Avenida Presidente Vargas im Zentrum von Urussanga/SC. Es verfügt über 116 Betten und ist ein wichtiger Anbieter von Gesundheitsdiensten für die Gemeinden Urussanga und Cocal do Sul und ergänzt die Gesundheitsversorgung der mittleren Stufe (die als diejenige mit dem niedrigsten Schweregrad gilt) in der gesamten südlichen Region des Bundesstaates.

Das Team besteht derzeit aus etwa dreißig (30) Ärzten, fünfundvierzig (45) Krankenschwestern und -pflegern sowie einem (1) Psychologen, einem (1) Apotheker, einem (1) Ernährungsberater und einem (1) Physiotherapeuten, die sich gemeinsam um die körperliche und geistige Gesundheit ihrer Patienten kümmern.

Nachdem die Merkmale der Einrichtung verstanden wurden, wird der Produktionsprozess beschrieben. Es ist zu betonen, dass der Produktionsprozess nicht die Gewinnung eines physischen Produkts, d. h. eines Materials, umfasst.

Da es sich um einen Dienstleister handelt, ist das Endprodukt die dem Patienten angebotene Behandlung, die als Verfahren bezeichnet wird.

Wie bei anderen Organisationen in diesem Bereich besteht die Hauptaufgabe der Einrichtung darin, die Rehabilitation von Menschen zu fördern, die in irgendeiner Weise pathologisch krank sind. Um die erbrachte Leistung zu verstehen, muss der Prozess der Patientenversorgung geschichtet werden, was wichtig ist, um den Einsatz und den Verbrauch von Ressourcen in den verschiedenen von der Einrichtung durchgeführten Verfahren zu verstehen.

Es wird deutlich, dass der Prozess (Leistungserbringung) mit der Klassifizierung der Art der Versorgung beginnt: dringende oder elektive Versorgung. Im ersten Fall wird der Patient in der Notaufnahme der Einrichtung aufgenommen, wo eine pflegerische Beurteilung und anschließend eine medizinische Beurteilung durchgeführt wird. Nach dieser Phase können je nach den medizinischen Kriterien weitere Maßnahmen angefordert werden, wie z. B. die Verabreichung von Medikamenten, die Überwachung durch das Pflegeteam, bildgebende Untersuchungen (Röntgen und Ultraschall), Labortests, Krankenhausaufenthalte und/oder die Überwachung durch andere medizinische Fachkräfte.

Wird eine Einweisung beantragt, wird der Patient je nach Fall an andere Behandlungseinheiten wie eine Krankenhausklinik, ein Geburtshilfezentrum, ein chirurgisches Zentrum oder eine psychiatrische Klinik überwiesen. In diesen Abteilungen bleiben die Patienten für eine bestimmte Anzahl von Tagen, wo sie von klinischen Ärzten und Fachärzten, Krankenschwestern und -pflegern, Ernährungsberatern, Psychologen und Sozialarbeitern überwacht werden und, genau wie in der Notaufnahme, ergänzende Verfahren angefordert werden, die entweder direkt von der Einrichtung, wie bereits erwähnt, oder durch die Beauftragung Dritter erbracht werden. Abbildung eins (1) veranschaulicht den Leistungsfluss der Organisation.

Abbildung 1 - Flussdiagramm Krankenhausversorgung

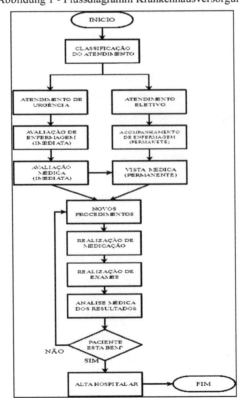

Bei der elektiven Versorgung handelt es sich um eine Versorgung mit einem geringeren Risiko, bei der kein sofortiges Eingreifen erforderlich ist. In diesem Fall wird der Patient nicht von der Notaufnahme der Einrichtung aufgenommen, sondern von der allgemeinen Aufnahme, die ihn an die Behandlungs- oder Diagnoseabteilungen überweist, damit dort auf Wunsch anderer Unternehmen oder Einrichtungen Untersuchungen durchgeführt werden können.

4.2.1 Organisationseinheiten und erbrachte Dienstleistungen

In Anbetracht der zahlreichen von der Organisation durchgeführten Maßnahmen und im Hinblick auf ein allgemeines Verständnis der von der Einrichtung ausgeübten Tätigkeiten wurden zusammenfassende Tabellen erstellt. Diese sind nach dem Zweck jeder Einheit unterteilt und zeigen die wichtigsten von der Organisation erbrachten Dienstleistungen.

4.2.1.1 Behandlungseinheiten

Aufgrund ihrer Merkmale werden sie in dieser Studie als produktive Einheiten betrachtet. Abbildung vier (4) zeigt die Behandlungsabteilungen der untersuchten Organisation.

Tabelle 4 - Behandlungseinheiten der Entitäten und in Anspruch genommene Dienstleistungen

Einheit	Durchgeführte Aktivitäten	Servigo (Forts.)
Dringlichkeit und Notfall	Sofortige Pflege für Aufrechterhaltung von Mindestgesundheitsbedingungen.	Beratung; Medikation; Verbände; Naht; Pflaster; Beobachtung.
Chirurgisches Zentrum	Anwendung von chirurgischen Techniken zur Verbesserung des Gesundheitszustands.	Anfrage; Chirurgie.

Gynäkologisches Zentrum	Betreuung von schwangeren Frauen vor und nach der Geburt. Und Pflege für das Neugeborene.	Anfrage; Normale Entbindung; Kaiserschnitt.

Machen Sie weiter...
Schlussfolgerung.

Einheit (Forts.)	Durchgeführte Aktivitäten	Dienstleistung (Fortsetzung)
Psychiatrische Abteilung	Entspricht den Dienstleistungen zur Beratung, Überwachung und Behandlung von Störungen, die durch den Konsum chemischer Substanzen verursacht werden.	Anfrage; Medikamente.
Krankenhaus Klinik	Langfristige Nachsorge der Patienten, um ihre vollständige Genesung sicherzustellen.	Beratung; Medikation; Verband.

Quelle: Eigene Darstellung des Autors

4.2.1.2 Unterstützungseinheiten

Die von den Unterstützungseinheiten durchgeführten Tätigkeiten sind nicht für den Zweck der Einrichtung kennzeichnend und beziehen sich in einigen Fällen nicht direkt auf den Patienten, sind aber für das Funktionieren der gesamten Einrichtung von wesentlicher Bedeutung. In Schaubild fünf (5) sind diese Abteilungen dargestellt.

Tabelle 5 - Entity Support Units und erbrachte Dienstleistungen

Einheit	Durchgeführte Aktivitäten	Servigo

Desinfektion	Er umfasst die materiellen und personellen Ressourcen, die für die Reinigung aller Einheiten aufgewendet werden.	Reinigung (Meter)
Wäsche Kleiderschrank nähen	Dieses Gerät verarbeitet alle Kleider, Decken und andere Textilien, die in den anderen Einheiten verwendet werden.	Wäsche (kg); Nähte (Meter)
Röntgenbild	Repräsentiert die Einheit für die Durchführung, Bearbeitung und Auswertung von bildgebenden Untersuchungen.	Röntgenbericht; Mammographie-Bericht

Machen Sie weiter...
Schlussfolgerung.

Einheit (Forts.)	Durchgeführte Aktivitäten (Forts.)	Dienstleistung (Fortsetzung)
Ernährung und Diätetik	Verantwortlich für die Erstellung von e Verteilung von Mahlzeiten an Patienten in Behandlungseinheiten	Beratung/Beurteilung Frühstück; Mittagessen; Abendessen.

Quelle: Eigene Darstellung des Autors

4.2.1.3 Verwaltungseinheiten

Die Verwaltungseinheiten sind, wie in anderen Unternehmen auch, nicht am Produktionsprozess beteiligt, und es gehört auch nicht zu ihren Aufgaben, ein Produkt herzustellen oder eine Dienstleistung für den Kunden zu erbringen. Ihre Bemühungen konzentrieren sich auf die Erzielung von Einnahmen. Tabelle sechs (6) zeigt die Verwaltungseinheiten.

Tabelle 6 - Verwaltungseinheiten

Einheit	Durchgeführte Aktivitäten
Finanzen	Das Referat, das die Finanzen der Organisation verwaltet (Kreditoren- und Debitorenbuchhaltung).
Einkaufen	Er füllt die Bestände und Vorräte auf, indem er sich mit den Lieferanten in Verbindung setzt.
Apotheke	Verteilt Medikamente und Materialien an Patienten.
Lagerhaus	Bevorratung und Versorgung aller Referate des Organs.
Abteilung-Personal	Zuständig für die Erfassung von Mitarbeitern, die Berechnung von Gehältern und andere Aufgaben im Zusammenhang mit der Personalabteilung.
Rechnungsstellung	Arbeitet an der Schließung von Patientenkonten (Krankenakten) und der Erstellung von Rechnungsüberweisungen.

Machen Sie weiter...
Schlussfolgerung.

Einheit(Forts.)	Durchgeführte Aktivitäten (Forts.)
Fundraising	Hierbei handelt es sich um Finanzierungsquellen von Gebern mit einem bestimmten Ziel, die im Rahmen von Vereinbarungen oder Partnerschaften unterzeichnet werden.

Telefonzentrale	Sie nimmt Telefonanrufe und Faxe entgegen und leitet sie weiter.
Stationärer Empfang	Plant Überweisungen und berät über Krankenhausaufenthalte und elektive Eingriffe.
Rezeption	Bietet dringende und Notfallversorgung für Patienten.
DERSELBE	Medizinischer Archiv- und Statistikdienst - Kontrolliert, organisiert und archiviert alle Patientenakten.
Buchhaltung	Verantwortlich für die Kontrolle der Buchhaltung und der Aufzeichnungen.

Quelle: Eigene Darstellung des Autors

Es sei darauf hingewiesen, dass der Apothekensektor in der untersuchten Organisation lediglich die Verteilung von medizinischem Bedarf und Medikamenten an die anderen Abteilungen übernimmt und somit Teil der Verwaltungseinheiten ist. Ähnlich verhält es sich mit den Dienstleistungen der Rezeption, die nicht als Hilfskräfte für den Versorgungsprozess angesehen werden, da sie lediglich der Überweisung und Orientierung der Patienten dienen.

4.3 ANGEWANDTE KALKULATIONSMETHODE

Nach Ansicht des untersuchten Krankenhauses besteht die Notwendigkeit, die Kosten in der Organisation zu erfassen, um sie zu überwachen und Ergebnisse zu erhalten, mit denen die Wirksamkeit ihrer Anwendung bewertet werden kann. Zu diesem Zweck muss zunächst die Kostenberechnungsmethode festgelegt werden, die die Untersuchung leiten soll, sowie die Art und Weise, wie die Kosten katalogisiert und klassifiziert werden sollen, um die Kosten für die von der Organisation erbrachten Dienstleistungen zu ermitteln.

Um den Verbrauch der Ausgaben zu verstehen und Prognosen für die Organisation zu erstellen, damit sie für die Entscheidungsfindung nützlich sind, wurde beschlossen, die Kostenberechnungsmethode der Absorption zu wählen, da sie, kurz gesagt, die Initialisierung des Kostenkontroll- und Anwendungsmodells im Unternehmensumfeld darstellt.

4.3.1 Etappen der Einführung des Systems der Vollkostenrechnung

In der Einrichtung wurden Erhebungen durchgeführt, um herauszufinden, wie kostenbezogene Informationen katalogisiert und verbreitet werden. Es wurde festgestellt, dass der Ressourcenverbrauch mit Hilfe von *Software* kontrolliert wird und dass es eine Aufteilung der Kostenstellen gibt. Es wurde jedoch festgestellt, dass es keine Methodik für die Berechnung dieser Kosten gibt. Dies lässt viele Zweifel an der Gültigkeit dieser Informationen aufkommen.

In dieser Studie soll daher ein Kostenmanagementmodell für Krankenhäuser auf der Grundlage der Absorptionskostenmethode entwickelt werden. Um das vorgeschlagene Ziel zu erreichen, wird der Prozess in die sechs unten aufgeführten Phasen unterteilt:

1. Segmentierung der Kostenstellen;
2. Definition der Ausgabenposten und Aufteilung in Kosten und Ausgaben;
3. Kriterien für die Aufteilung der indirekten Kosten
4. Datenerfassung und Berechnungsmodell für Gesamt- und Stückkosten;
5. Berechnungen, Kalkulationsschema;
6. Erstellung von Berichten und Analyse von Informationen.

Die oben genannten Schritte werden im Folgenden im Zusammenhang mit dem aktuellen Szenario des zu untersuchenden Unternehmens im Detail erläutert.

6.1.1.1 Segmentierung der Kostenstellen

Diese erste Phase besteht darin, die Organisation entsprechend den ausgeführten Tätigkeiten in Einheiten zu unterteilen, wobei der Ressourcenverbrauch und die in jeder Einheit erzeugten Produkte berücksichtigt werden. Sie stellt eine der wichtigsten Phasen bei der Anwendung einer Kostenrechnungsmethode dar, da hier die Analyse der Kostenzuweisung und -verteilung vorgenommen wird.

Die Kostenstellen werden nach ihrer Beziehung zu den Produktionsfaktoren unterteilt. So werden Kostenstellen, die direkt bei der Erbringung von Dienstleistungen tätig sind (Behandlungseinheiten), als produktive Kostenstellen eingestuft. Diejenigen, die die Erbringung von Dienstleistungen ergänzen und/oder Dienstleistungen für die produktiven Kostenstellen erbringen, werden als Hilfskostenstellen (Unterstützungseinheiten) behandelt. Die Kostenstellen, die für die Verwaltung der Einheit zuständig sind, werden als Verwaltungskostenstellen bezeichnet.

Die Einrichtung wendet derzeit das Kostenstellenkonzept an, manchmal nach den Abteilungen innerhalb der Einrichtung und manchmal nach der Art der benötigten Informationen. Tabelle sieben (7) zeigt die Kostenstellenkarte der Organisation.

Tabelle 7 - Bestehende Kostenstellenkarte

Code.	Kostenstelle	Code.	Kostenstelle
i	St.-Georgs-Flügel	28	Mammographie
2	Psychiatrische Klinik	30	Apotheke
3	Mutterschaft	31	Ernährung
4	Pädiatrie	32	Ehrenamtliche Mitarbeiter
5	Ambulante Patienten	33	Personalwesen
6	Santa T ereza	34	Nähen
7	Röntgenbild	35	Abgelaufenes Material
8	Lagerhaus	36	Cafeteria
9	Krankenstation	40	Reinigung und Desinfektion (Santa Teresa)
10	Chirurgisches Zentrum	41	Reinigung und Desinfektion (Mutterschaft)
11	Bergário	42	Reinigung und Desinfektion (Klinik und UD)

33

12	Küche	43	Reinigung und Desinfektion (Notaufnahme)
13	Wartung	46	Krankenhausaufenthalt
14	Notaufnahme	47	Archiv
15	Wäscherei	48	PS-Verordnung
16	Sektor Reinigung	49	UD
17	Verluste (Pharmazie)	50	Sozialarbeiterin
18	Rezeption	51	Orthopädie
19	Bereich Personal	52	Cafeteria
20	Rechnungsstellung	53	Betreiber
21	Endoskopie	54	Psychologe
22	Physiotherapie	55	Laufende Arbeiten
23	Verluste (Lager)	56	Psychiatrie
24	Verwaltung	59	Einkaufen

Quelle: Angepasst an die Berichte der Entitäten

Aufgrund der Komplexität der Einrichtung und der Vielzahl der angebotenen Dienstleistungen wird davon ausgegangen, dass die Kosten am besten durch eine Abteilungsgliederung berechnet werden können. Nach der überprüften Theorie basiert die Abteilungseinteilung bei der Schaffung von Kostenstellen auf der Organisationsstruktur der Einrichtung. Abbildung zwei (2) unten zeigt die Organisationshierarchie.

Abbildung 2 - Organigramm des Krankenhauses

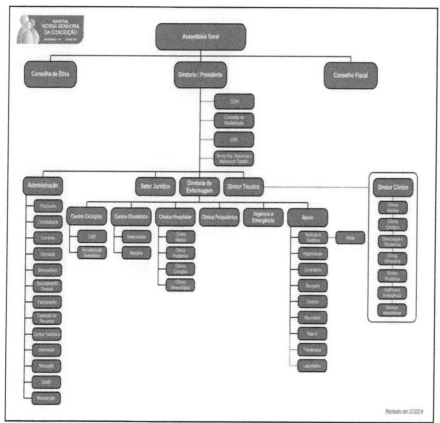

Quelle: Unternehmensdaten

Die große Zahl der vorhandenen Kostenstellen erschwerte die Analyse und beeinträchtigte unmittelbar die Qualität der Informationen. Um den Berechnungsprozess zu vereinfachen und sich auf die Kostenkontrolle zu konzentrieren, wurden die Abteilungen entsprechend dem Organigramm kodiert.

Nach der Bewertung der Organisationsstruktur der Einrichtung wurde der folgende Kostenstellenplan gemäß Abbildung drei (3) vorgeschlagen.

Abbildung 3 - Struktur der Kostenstellen

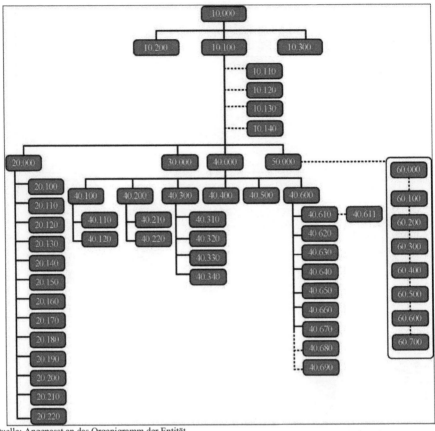

Quelle: Angepasst an das Organigramm der Entität

4.3.1.2Definition   und Klassifizierung von Aufwandsposten

In diesem Stadium werden die Ausgaben der Einrichtung aufgelistet und in direkte Kosten, indirekte Kosten und Ausgaben unterteilt. Damit dies möglich ist, muss man zunächst wissen, welche Arten von Ausgaben/Ressourcen von der Einrichtung verbraucht werden.

4.3.1.2.1 Posten ausgeben

Zunächst wurden die Arten der in der Einrichtung anfallenden Ausgaben aufgelistet, danach wurden sie in Kosten und Ausgaben unterteilt, wie in Tabelle 8 dargestellt.

Tabelle 8 - Aufschlüsselung der von der Institution verbrauchten Ressourcen

SPENDEN	KOSTEN	AUSGABEN
Wasser	X	X
Lebensmittel	X	
Abschreibung	X	X
Elektrizität	X	X
Wartung	X	X
Arbeit	X	X
Medizinisches Zubehör	X	
Bürobedarf	X	X
Hygiene- und Reinigungsmittel	X	X
Medikamente	X	
Versicherung		X
Dienste von Dritten	X	X
Telefone/Internet	X	X

Quelle: Eigene Darstellung des Autors

Die in den Produktionssektoren eingesetzten Ressourcen, die direkt für die Erbringung von Dienstleistungen verwendet werden, entsprechen den direkten Kosten, z. B. für Arzneimittel.

Einmal berechnet, bilden diese Kosten die Kosten der erbrachten Dienstleistung.

Die indirekten Kosten machen ebenfalls die Kosten des Produkts aus. Da jedoch nicht genau gemessen werden kann, wie viel jede Dienstleistung verbraucht hat, werden diese Kosten zunächst von den Kostenstellen behandelt.

Tabelle neun (9) zeigt die Aufteilung der Kosten nach dem Merkmal der Zuweisung zur erbrachten Dienstleistung

Tabelle 9 - Klassifizierung der in der Einrichtung verwendeten Kosten

KOSTEN	MITTELANSATZ
Medikamente	Direkt
Medizinisches Zubehör	Direkt
Arbeit	Direkt/Indirekt
Bürobedarf	Indirekt
Hygiene- und Reinigungsmittel	Indirekt
Lebensmittel	Indirekt
Wartung	Indirekt
Abschreibung	Indirekt
Telefone/Internet	Indirekt
Dienste von Dritten	Direkt/Indirekt
Wasser	Indirekt

Elektrizität	Indirekt

Quelle: Eigene Darstellung des Autors

Es sei darauf hingewiesen, dass bestimmte indirekte Kosten allen Abteilungen des Organs gemeinsam sind, wie Strom und Wasser. Andere hingegen hängen mit den jeweiligen Kostenstellen zusammen und machen in diesem Fall den direkten Anteil der Kosten des Referats aus.

Die Kosten der Verwaltungstätigkeiten stellen nach der Theorie Ausgaben dar. Es ist wichtig, sie zu kennen, damit sie nicht mit Kosten verwechselt werden. Bei der Berechnung nach der Methode der Vollkostenrechnung wird diese Art von Kosten jedoch nur bei der Berechnung des Jahresergebnisses berücksichtigt.

Kurz gesagt, die Kosten müssen auf die Verwaltungskostenstellen umgelegt werden. Die Kosten werden auf die Dienststellen entsprechend ihrer Häufigkeit umgelegt, d.h. die direkten Kosten werden für jede Dienststelle gesondert erfasst, die indirekten Kosten werden, da es keine Möglichkeit gibt, genau zu messen, wie die Ressourcen in jedem Produkt oder jeder Dienstleistung verbraucht wurden, umgelegt.

4.3.1.22 Kostenstelle Produktionseinheiten

In Anbetracht der Tatsache, dass jede Kostenstelle innerhalb der Einrichtung analog eine einzelne Organisation darstellt, die für den "Handel" mit Produkten und Dienstleistungen zwischen den Kostenstellen verantwortlich ist, sollte davon ausgegangen werden, dass jede Kostenstelle über eine Produktionseinheit verfügt.

Die Produktionseinheit ist die Nomenklatur, die dem Produkt in der Kostenstelle zugeordnet wird. Für die untersuchte Einrichtung kann dieses Produkt in physischer Form vorliegen oder nicht. In Tabelle zehn (10) sind die oben vorgeschlagenen Kostenstellen mit ihren jeweiligen definierten Produktionseinheiten aufgeführt.

Tabelle 10 - Kostenstelle Produktionseinheiten

Kostenstelle	Produktionseinheiten
Chirurgisches Zentrum	Chirurgische Stunde

Gynäkologisches Zentrum	Patiententag
Krankenhaus Klinik	Patiententag
Psychiatrische Klinik	Patiententag
Dringlichkeit und Notfall	Dienst
Ernährung und Diätetik	Mahlzeiten
Desinfektion	Bereich M^2 Sauber
Wäscherei	Kilo Wäsche
Nähen	Laufmeter Nähen
Röntgenbild	Tests

Quelle: Eigene Darstellung des Autors

Es gibt Produktionseinheiten, deren Dienstleistungen einheitlich sind, aber es gibt auch solche, bei denen diese Eigenschaft nicht gegeben ist, weil ihre Dienstleistungen erhebliche qualitative und quantitative Unterschiede aufweisen. In diesem Fall ist es notwendig, ein Verfahren zur Messung der verschiedenen produzierten Einheiten einzuführen.

Die durchgeführten Analysen haben gezeigt, dass die von der Kostenstelle für Ernährung und Diätetik gelieferten Produkte sehr vielfältig sind. Auch wenn es sich bei der Produktionseinheit um Mahlzeiten handelt, kann man nicht sagen, dass die Kosten für die Zubereitung des Frühstücks dieselben sind wie für das Mittag- oder Abendessen.

Zur Berechnung der Kosten für die verschiedenen Arten von Mahlzeiten wird der Zeitaufwand für deren Herstellung als Kriterium herangezogen. Hypothetisch wurde angenommen, dass die Gesamtzeit für die Herstellung der Mahlzeiten pro Tag zehn Stunden beträgt und dass die durchschnittlichen Gesamtkosten pro Tag etwa 700,00 R$ betragen. In Gesprächen mit Fachleuten in diesem Sektor konnte herausgefunden werden, wie viel Zeit tatsächlich für die Herstellung jeder Mahlzeit aufgewendet wird. Auf der Grundlage dieser Informationen ist es möglich, die Stückkosten für die verschiedenen Arten von Mahlzeiten zu ermitteln, wie in Tabelle elf (11) unten dargestellt.

Tabelle 11 - Berechnung der Verpflegungskosten

Gesamtproduktionszeit pro Tag: 10h (1)		Durchschnittliche Gesamtkosten pro Tag: 700 R$ (2)		
Stündliche Produktionskosten: (2) / (1) = 70 R$ (3)				
Mahlzeiten	Produktionszeit pro Stunde (4)	Produktionskosten (3)*(4) = (5)	Durchschnittliche servierte Menge/Tag (6)	Stückkosten (5)/(6)
Frühstück	2	R$1 40	45	R$3 ,11
Mittagessen	3	R$2 10	50	R$4 ,20
Imbisse	1	R$ 70	15	R$4 ,67
Abendessen	4	R$2 80	45	R$6 ,22

Quelle: Eigene Darstellung des Autors

Es ist wichtig, die Verwendung von Produktionseinheiten sorgfältig zu analysieren. Diejenigen, die eine einheitliche Kostenbelastung aufweisen, werden als einfache Einheiten betrachtet, aber diejenigen, die sich, wie im obigen Beispiel, in ihren Stückkosten unterscheiden, werden als gewichtete Maßnahmen bezeichnet und sollten entsprechend ihren Besonderheiten behandelt werden.

4.3.1.3 Kriterien für die Aufteilung

In dieser Phase geht es insbesondere um die Übertragung der indirekten Kosten auf die Abteilungen und die Übertragung der Kostenbeträge zwischen den Kostenstellen, was als Umlage bezeichnet wird. Anschließend wird es möglich sein, die Kosten der erbrachten Dienstleistungen zu ermitteln.

Wie Sie wissen, lassen sich die indirekten Kosten nicht ohne weiteres Kostenstellen oder Produkten zuordnen, was aber nicht bedeutet, dass sie aufgrund dieser Eigenschaft unberücksichtigt bleiben. Ganz im Gegenteil, diesen Kosten wird besondere Aufmerksamkeit gewidmet, da die Anwendung von Zurechnungskriterien ohne Strenge zu Daten führen kann, die von der Realität abweichen, was für die Unternehmensführung sehr schädlich ist.

Tabelle zwölf (12) enthält die Aufteilungskriterien für die oben genannten gemeinsamen indirekten Kosten der Organisation.

Tabelle 12 - Kriterien für die Aufteilung der indirekten Kosten

Indirekte Kosten	Kriterien für die Aufteilung
Elektrizität	Steckdose und Lichtpunkt
Wartung	Dauer des Dienstes
Dienste von Dritten	Dauer des Dienstes
Telefone/Internet	Anzahl der Nebenstellen/Punkte der Internetnutzung

Quelle: Eigene Darstellung des Autors

Nach der Aufteilung der oben genannten indirekten Kosten, die als für alle Abteilungen gemeinsam angesehen werden, zuzüglich des den Abteilungen direkt zurechenbaren Anteils der indirekten Kosten, können die Gesamtkosten in jeder Kostenstelle ermittelt werden.

Die Kosten, die durch die Aktivitäten der Unterstützungseinheiten entstehen, sind indirekte Kosten. Das bedeutet, dass am Ende der Erbringung ihrer Leistungen alle Kosten auf die Produktionskostenstellen umgelegt werden. In Tabelle 13 sind die Verteilungskriterien für die Weitergabe der Kosten zwischen den Unterstützungseinheiten und den Produktionseinheiten aufgeführt.

Tabelle 13 - Aufteilung der Kosten der Unterstützungsstelle

Kostenstelle	Kriterien für die Aufteilung
Röntgenbild	Durchgeführte Tests
Ernährung und Diätetik	Mahlzeiten vorgesehen
Desinfektion	Saubere Fläche m^2
Wäscherei	Kilo gelieferte Kleidung

Quelle: Eigene Darstellung des Autors

Zur Durchführung dieses zweiten Schritts wird eine Methode angewandt, die darin besteht, die Abteilungen gemäß Abbildung vier (4) zu hierarchisieren.

Abbildung 4 - Verteilung der Kosten auf die Abteilungen

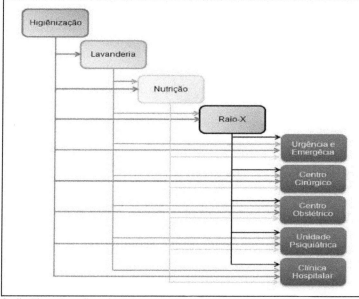

Quelle: Eigene Darstellung des Autors

Die Hierarchie trägt dazu bei, die den Kostenstellen zugewiesenen indirekten Kosten weiterzuleiten und zu verhindern, dass sie erneut in die Kosten einer Abteilung einfließen, deren Ausgaben bereits auf eine andere Einheit umgelegt wurden, da andernfalls ein komplexer Teufelskreis entstünde, der nur schwer zu beenden wäre.

Auf der Grundlage der gesammelten Informationen setzen sich die Gesamtkosten der produktiven Kostenstellen aus ihren ordnungsgemäß zugewiesenen indirekten Kosten und dem Betrag der indirekten Kosten zusammen, den sie von den Kostenstellen erhalten haben, die für sie Leistungen erbracht haben.

4.3.1.4 Datenerhebung

Wir haben versucht zu überprüfen, aus welchen Posten sich die einzelnen Kostengruppen zusammensetzen und wie sie umgelegt und aufgeteilt werden, um die Kosten des erstellten Kostenkumulierungspostens zu bilden. Zu diesem Zweck wurde eine umfassende Datenerhebung mit verschiedenen Fachleuten der Organisation durchgeführt, um die nachstehend dargestellten Informationen zu validieren.

In den vorangegangenen Themen wurden die Ressourcen aufgelistet, die in der Einrichtung zur Erbringung der Dienstleistung verwendet werden. Es wurde festgestellt, dass bestimmte Posten nur eine Ressourceneinheit haben, wie z. B. Strom und Wasser. Andere hingegen haben mehrere Kostenträger, die gemessen werden müssen.

Die Analyse ergab, dass die für medizinisches Material, Arbeit, Büromaterial, Hygiene- und Reinigungsmittel, Wartung und Dienstleistungen Dritter verbrauchten Ressourcen die Kosten darstellen, die keinen einheitlichen Verbrauch aufweisen. Die nachstehende Tabelle 14 zeigt die Aufschlüsselung dieser Kosten.

Tabelle 14 - Aufschlüsselung der Kosten der Organisation

KOSTENZUSAMMENSETZUNG
Arbeit
Löhne Urlaubsgeld 13 Gehalt[a]

Machen Sie weiter...

ZUSAMMENSETZUNG DER KOSTEN (Forts.)
Medizinisches Zubehör
Spritzen Nadeln Sonstiges
Medikamente
Tabletten Lösungen
Zustellung durch Dritte
Externe Patientenuntersuchungen Vorbeugende Wartung Sonstige
Hygiene- und Reinigungsmittel
Eimer, Besen, Abstreifer Reinigungsprodukte Sonstige
Wartung
Lampen Elektrische Kabel Sonstige
Bürobedarf
Papier Stifte Sonstiges

Quelle: Eigene Darstellung des Autors

Um diese Informationen zu erhalten, wurden Umfragen und Interviews mit denjenigen durchgeführt, die in der Organisation für die Verwaltung dieser Kosten zuständig sind. Dies ermöglichte es, zu verstehen, welches die wichtigsten Ressourcen sind, die in dem Prozess verbraucht werden, ihre Repräsentativität, sowie die Analyse ihrer Beteiligung an der Höhe der Kosten für jede Kostenrechnung.

Unter Berücksichtigung aller oben beschriebenen Schritte und auf der Grundlage der gewonnenen Erkenntnisse ist es möglich, die Kosten der Produkte zu ermitteln. Dazu ist es nach der untersuchten Theorie notwendig, alle direkten und indirekten Kosten zu addieren. Tabelle 15 zeigt die Struktur zur Berechnung der Kosten für die erbrachte Dienstleistung. Am Ende werden die Kosten der Abteilungen und dann die Kosten der erbrachten Dienstleistungen ermittelt.

Tabelle 15 - Berechnungsmodell für Stückkosten

BERECHNUNG DER KOSTEN DER ERBRACHTEN DIENSTLEISTUNG			
Den Dienstleistu ngen zugeordnet e direkte Kosten	**N°**	**Zusammensetzung**	**Beschreibung**
	1	Medikamente	Den Patienten zur Verfügung gestellte Medikamente
	2	Medizinisches Zubehör	Medizinisches Material, das den Patienten zur Verfügung gestellt wird.
	3	Arbeit	Fachleute, die direkt mit dem Dienst zusammenarbeiten.
	4	Zustellung durch Dritte	Untersuchungen und Verfahren, die von anderen Dienstleistern durchgeführt werden.
Direkte Kosten insgesamt = 1 + 2 + 3 + 4			Kosten, die direkt der erbrachten Dienstleistung zugeordnet werden.
Indirekte Kosten, die in jeder Kostenstell e berechnet werden	**Gemessen in Kostenstelle**		Kosten im Zusammenhang mit CC müssen nicht bewertet werden, um zugeordnet zu werden
	Zusammensetzung Nr.		

1	Arbeit	CC-Management-Fachleute Produktive oder im Support arbeitende CCs
2	Bürobedarf	Durch das VU aus dem Lager angeforderte Materialien
3	Hygiene- und Reinigungsmittel	Durch das VU aus dem Lager angeforderte Materialien
4	Lebensmittel	Bearbeitet durch das Zentrum für Ernährung und Diätetik
5	Wartung	Wartungsarbeiten am CC
6	Abgeschrieben	Geschätzter Wertverlust der CC-Vermögenswerte
Gemeinsam zwischen Zentren (mit Aufteilung 1)		Kosten, die im CC nicht hervorgehoben sind (Umlage für jede Einheit zu berechnen)
N°	**Zusammensetzung**	
7	Arbeit	Fachleute aus allen Abteilungen
8	Telefon/Internet	Telefon- und Internetkosten in den Beitrittsländern
9	Wasser	Wasserverbrauch in den Beitrittsländern
10	Elektrizität	Elektrizitätsverbrauch in den DCs

Indirekte Kosten insgesamt = 1+2+3+4+5+6+7+8+9+10			
Unterstützu ng CC Kosten (Umlage 2)	1	Kosten für die Wäscherei	Gesamtkosten der auf Unterstützungs- und Produktiveinheiten zu übertragenden CC
	2	Kosten für die Reinigung	Gesamtkosten der auf Unterstützungs- und Produktiveinheiten zu übertragenden CC
	3	Kosten für bildgebende Tests	Gesamtkosten der auf die Produktionseinheiten zu übertragenden CC
	4	Ernährung/Lebensmittelkosten	Gesamtkosten der auf die Produktionseinheiten zu übertragenden CC
Abwälzung der Kosten der unterstützenden BL auf die produktiven BL (Umlage 3)			
Produktive CC-Gesamtkosten = Indirekte Gesamtkosten + Indirekte Kosten aus Bewertung 3			
Indirekte Stückkosten = Gesamte CC-Produktivkosten * Definierte Produktionseinheit			
Gesamte Stückkosten = Direkte Kosten + Indirekte Stückkosten			

Quelle: Angepasst von (BRASIL.MINISTÉRIO DA SAÚDE, 2013)

Die entwickelte Struktur bietet eine Orientierungshilfe für die Kostenberechnung im Unternehmen, dient als Leitinstrument für die Organisation von Prozessen und ermutigt die Unternehmensleiter, nicht nur die Ergebnisse, sondern auch die Kosten zu kennen.

4.3.1.5 Berechnungen, Kalkulationsschema

Um zu den Kosten des Endprodukts, in diesem Fall der erbrachten Dienstleistung, zu gelangen, müssen Verwendungsberechnungen durchgeführt werden, die klaren und vertretbaren methodischen Kriterien folgen müssen. Entsprechend den oben dargestellten Schritten wurde das allgemeine Schema zur Berechnung der Kosten der Organisation formuliert, wie in Abbildung Fünf (5) dargestellt.

Abbildung 5 - Kostenberechnungsschema

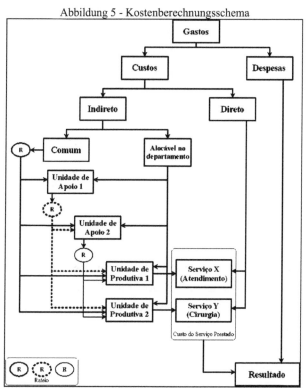

Quelle: Angepasst von Martins (2010, S. 74)

Nach der Übertragung der Kosten zwischen den Abteilungen müssen noch die gesamten indirekten Kosten, die nur noch in den Produktionseinheiten anfallen, auf die Produkte übertragen werden. Die Methode, die für diese Übertragung angewandt wird, ist wiederum die Umlage, wobei die Produktionseinheit der zuvor in Tabelle 10 (10) definierten Produktionskostenstelle berücksichtigt wird.

4.3.1.6 Erstellung von Berichten und Analyse von Informationen

Das Kostenmanagement stellt in jeder Organisation eine bedeutende Wissensbasis über den Produktionsprozess, die Bewegung und den Verbrauch von Ressourcen dar. Diese Faktoren sind untrennbar mit der Entscheidungsfindung in einer Vielzahl von Bereichen des Unternehmensumfelds verbunden.

Der Abschluss der Kontroll- und Kalkulationsarbeiten basiert auf der Erstellung von

Berichten. Alle erhaltenen Informationen müssen entsprechend der Entwicklung der vorgenannten Phasen verarbeitet werden. In den erstellten Berichten dürfen nur die gesammelten Informationen berücksichtigt werden, damit weder zu viele noch zu wenige Informationen vorhanden sind.

Nach der Phase der Berichtserstellung beginnt die Analyse der Kosteninformationen, die dazu beitragen sollen, die Ausrichtung der Organisation zu gestalten. Durch die Analyse der während der Studie erhaltenen Informationen war es möglich, ein umfassendes Verständnis der Organisation zu erlangen und eine Kostenberechnungsmethode vorzuschlagen, die Antworten auf verschiedene Fragen liefern wird:

- Die Organisation des Prozesses;
- Verbrauch von Ressourcen;
- Organisation der Kostenstellen;
- Kosten der einzelnen Kostenstellen;
- Kosten der Produkte;

In Anbetracht der Tatsache, dass die Organisation über keinen definierten Ansatz zur Kostenkontrolle verfügt, wird davon ausgegangen, dass diese Studie eine Einführung in die Kostenrechnung innerhalb der Einrichtung darstellt. Die Verbesserung und Anwendung der vorgestellten Techniken könnte noch mehr zur Entwicklung der Organisation beitragen. Darüber hinaus wird sie die Schaffung einer konzeptionellen Kostenbasis fördern, die ausschließlich auf das Krankenhausumfeld ausgerichtet ist.

Es ist anzumerken, dass die Einrichtung die Kosten ihrer Tätigkeiten in Übereinstimmung mit den gesetzlichen Bestimmungen berechnet und dafür die Verbrauchsberichte der Einrichtung verwendet, die auf den bestehenden Kostenstellen basieren, für die es keine klaren Regeln für die Existenz und die Berechnung gibt, wie oben erwähnt. Auf diese Weise kann man sehen, dass die Studie der Steuerbuchhaltung helfen wird und auch ihre verwaltungstechnische Anwendung hervorhebt, was der Zweck dieser Arbeit ist.

Krankenhäuser sind komplexe Organisationen, sowohl wegen der Vielzahl der beteiligten Fachleute als auch wegen der Vielfalt der durchgeführten Maßnahmen. Der Einsatz von Informationstechnologie ist für die Kostenberechnung und -kontrolle unerlässlich. Nach Angaben der Verantwortlichen der Organisation ist diese bestrebt, ihre Prozesse und die Qualität ihrer Informationen durch den Einsatz von Informatikmitteln zu verbessern. Es zeigt sich, dass die Aufmerksamkeit, die der Studie gewidmet wird, eine Integration mit der entwickelten Studie ermöglicht und ihre Anwendung stimuliert.

ABSCHLIESSENDE ÜBERLEGUNGEN

Gewinnorientierte Unternehmen verwenden eine Vielzahl von Buchhaltungsinstrumenten, um ihr Geschäft zu verwalten. Viele dieser Instrumente sind kostenbasiert oder konzentrieren sich ausschließlich auf die während des Prozesses anfallenden Kosten. Das Gegenteil ist bei gemeinnützigen Organisationen der Fall. Hier werden nur wenige Buchhaltungsinstrumente verwendet und es ist relativ wenig über die Kosten bekannt.

Die Bedeutung der Kostenrechnung für ein Unternehmen beschränkt sich nicht nur auf die Funktion, das Management über die Ausgaben der Organisation zu informieren. Die angewandte Kostenrechnung dient nicht nur dem Management als Entscheidungshilfe, sondern ist ein Instrument zum Lernen, zur Kontrolle und zur Verbesserung der Produktionsprozesse.

Mit Hilfe der Kostenrechnung ist es möglich, ein umfassendes Verständnis darüber zu erlangen, wie die Ausgaben in den Prozessen verbraucht werden, Ineffizienzen zu ermitteln, das Management zu bewerten und zu wissen, wie jede Ressource die Kosten der erbrachten Dienstleistung ausmacht. Es ist zu beachten, dass die Kosteninformationen in der gesamten Organisation verbreitet werden müssen, um das Engagement der am Prozess Beteiligten zu erhöhen.

Die durchgeführte Arbeit trägt zum Verständnis der Kosten bei, die mit der Erbringung von Dienstleistungen in einem Krankenhaus in der Gemeinde Urussanga verbunden sind, dem es als philanthropische Einrichtung an finanziellen, materiellen und personellen Ressourcen mangelt.

Es wird davon ausgegangen, dass die mit dieser Studie gesetzten Ziele zufriedenstellend erreicht wurden und dass alle gewonnenen Erkenntnisse eine akademische und berufliche Weiterentwicklung ermöglicht haben. Die in dieser Arbeit definierten Methoden und Konzepte werden der Einrichtung vorgestellt, damit sie sie anwenden und die Wirksamkeit der Ergebnisse überprüfen kann.

Als Anregung für künftige Studien empfehlen wir die Anwendung des in dieser Arbeit dargelegten Vorschlags mit dem Schwerpunkt auf der Vertiefung von Kostenstudien bei Anbietern von Gesundheitsdiensten, der Förderung der Konsolidierung eines auf Krankenhäuser ausgerichteten Kostenrechnungssystems und dem Beitrag zur Verbesserung und Entwicklung dieses für die Aufrechterhaltung des Lebens verantwortlichen Umfelds.

REFERENZEN

APPOLINÁRIO, Fabio. **Metodología da Ciencia:** Filosofía e prática da pesquisa. Sao Paulo: Pioneira Thomson Learning, 2006. 209 p.

BEULKE, Rolando; BERTÓ, Dalvio José. **Kostenmanagement**. Sao Paulo: Saraiva, 2006. 390 p.

BORNIA, Antonio Cezar. **Management-Kostenanalyse:** Anwendung in modernen Unternehmen. Porto Alegre: Bookman, 2002.

BRASILIEN: **Gesetz Nr. 10.406** vom 10. Januar 2002. Legt das Zivilgesetzbuch fest. Verfügbar
unter:<http://www.planalto.gov.br/ccivil_03/leis/2002/l10406compilada.htm>. Zugriff auf
am 11. April 2015.

BRASILIEN.MINISTERIUM FÜR GESUNDHEIT. **Einführung in das Gesundheitskostenmanagement.**
Brasília: Verlag des Gesundheitsministeriums, V. 2, 2013.

BRUNI, Adriano Leal; FAMÁ, Rubens. **Cost Management and Nail Forming:** With applications in the HP 12C calculator and Excel. 2^a. ed. Sao Paulo: Atlas, 2003. 533 p.

.. **Kostenmanagement und Nagelbearbeitung:** Mit Anwendungen im HP 12C Rechner und Excel. 3. Aufl. Sao Paulo: Atlas, 2004.551 S.

CERVO, Amado Luiz; BERVIAN, Pedro Alcino; SILVA, Roberto da. **Metodologia cientifica.** 6. ed. Sao Paulo: Pearson Prentice Hall, 2007. 162 p.

DUTRA, René Gomes. **Kosten:** ein praktischer Ansatz. 4. Auflage. Sao Paulo: Atlas, 1995. 191 p.

Kosten: Eine praktische Herangehensweise. 5. Auflage. Sao Paulo: Atlas, 2003. 394 p.

LA FORGIA, Gerard M.; COUTTOLENC, Bernard F. **Hospital Performance in Brazil:** In Search of Excellence. Sao Paulo: Singular, 2009. 446 p.

LEONE, George. Sebastiao Guerra. **Kostenrechnungskurs:** Enthält das ABC. 2. Auflage. Sao Paulo: Atlas, 2000. 457 p.

MACHADO, Maria Machado Bitencourt. **Begünstigte Hilfseinrichtungen Sozial.** 2. Auflage. Curitiba: Juruá, 2009. 178 p

MARCONI, Maria de Andrade; LAKATOS, Eva Maria. **Forschungstechniken:** Planung und Durchführung von Forschung, Probenahme und Forschungstechniken, Vorbereitung, Analyse und Interpretation von Daten. Sao Paulo: Atlas, 2008. 277 p.

MARTINS, Eliseu. **Kostenrechnung**. 10^a. ed. Sao Paulo: Atlas, 2010. 364 p.

MEGLIORINI, Evandir. **Costs:** Analyse und Management. 2. Aufl. Sao Paulo: Pearson Prentice Hall, 2007. 208 p.

MENDONQA, Franklin. Gesundheitsmanagement für die nächste Regierung. **Visao Hospitalar,** Brasília, Nr. 9, S. 35-38, Oktober 2014.

MINISTERIUM FÜR GESUNDHEIT. Nationales Register der Gesundheitseinrichtungen. **Tabnet Datasus.** Verfügbar unter: <http://tabnet.datasus.gov.br/cgi/cnes/tipo_estabelecimento.htm>. Abgerufen am: 19. April 2015.

NASCIMENTO, Jonilton Mendes do. **Custos:** Planejamento, Controle e Gestao na Economia Globalizada. 2. Auflage. Sao Paulo: Atlas, 2001. 384 p.

OLIVEIRA, Luís Martins de.; PEREZ JR., José Hernadez. **Kostenrechnung für Nicht-Buchhalter.** 2. Aufl. Sao Paulo: Atas, 2005. 314 p.

RIBEIRO, Osni. Moura. **Easy Cost Accounting.** 2. Auflage. Sao Paulo: Savaira, 2002.

RITTA, Cleyton de Oliveira; ALVES, Rosimere. **Management Accounting.** Criciúma: Unesc, 2013.

SANTOS, Joel José. **Kostenrechnung und Analyse.** 6. Auflage. Sao Paulo: Atlas, 2011. 246 p.